아침달 시집

우리 다른 이야기 하자

조해주

시인의 말

찾으시는 물건 있으세요?
그는 아마 그렇게 말했을 것이다.

여행 중에 우연히 들어간 모자가게에서
나는 횡설수설하고 있었다.
그는 가만히 듣고 있다가
무슨 뜻인지 알 것 같다며 잠깐 이쪽으로
와보라고 했다.

2019년 1월
조해주

차례

나무수업

벤치에 앉아 물었다
나무가 되려면 어떻게 하지?

벤치가 말했다
그렇다면 학교에 가야지.

아이의 경우
아이를 배우지 않아야 훌륭한 아이

학교에 가기만 하면? 내가 묻자
졸지도 않고 조르지도 않으면.
벤치가 일어나
둥글게 부푼 잔디를 툭툭 두드렸다

나이테는 끝나지 않는 물음표
돌돌 말아놓은 갸우뚱이
내 안에 이렇게나 많은데

나는 풍차가 멈추지 않는
마을의 둔덕에 앉아
풍차의 팔이 몇 개인지 세고 있었다

가만히 있어.
풍경이 말했다

정물화

그는 이별의 달인이다.

마음의 문이라는 게 정말로 있고 그 너머에 개 한 마리가 살고 있다면. 그는 잠든 개를 깨우지 않고 천천히 문을 닫을 수 있다.

정말 아주 천천히.

문이 닫히는 장면을 처음부터 끝까지 바라본다. 문이 닫히는 장면이라기보다는 개가 길쭉해지고 있을 뿐이라는 생각이 든다.

그는 개가 연필심만큼 가느다란 틈새로 보일 때쯤 되어서야 개를 부르고 싶어진다.

개는 부르지 않고 개에 대한 노래를 부른다. 개에게 들리지 않을 만큼 조용히.

개가 개의 방식으로 그렇게 하듯이

그 또한 그의 방식으로 개를 산책한다. 잠 안에서 냄새를 맡고. 혀를 조금 내밀어 핥고. 입에 넣거나 뱉어보기도 하고.

그는 이 모든 일을 비유로 한다. 그저 생각으로.

언젠가 방 안으로 진짜 타인이 찾아온다면 궁금해할지도 모른다. 왜 개가 움직이지 않을까?

의자가 없는 방

하얀 천이 씌워져 있다
그것은 의자처럼 보인다

하얗고 폭신한 그것은
처음으로 직접 만든 빵처럼 보인다

그것은 햄버거와 전혀 다른 형태
그러나 나는 햄버거처럼 손에 쥔다

미국 야구 선수 코스프레를 하고 있으면
알아듣지 못하는 욕과 함께 주먹이 날아온다

빵을 씹자 이가 부러진다
비비총을 들고 있으면 총알이 날아온다

그럴 수 있다
가면을 쓴 얼굴이 능숙한 한국어로 말한다

하얗고 딱딱한 그것은
의자처럼 보인다

하얀 천 위에 앉는다

나는 구름처럼 폭삭 가라앉는다

앉을자리 하나 없어
방에는 아무도 초대하지 않는다

가면을 쓴 얼굴은 가면을 끝까지 벗지 않고
하얀 천을 걷지 않고

진짜 의자를 찾아볼까

소파에 앉아 뜨거운 초콜릿을 마신다
마시멜로를 넣으면 더 맛있다

내가 돌아올 때까지 이것을 다 먹으면 하나를 더 주마

그렇게 말한 사람은 정직해서
돌아올 수 없고

어둠으로 꽉 찬 공간에서 숨 쉬는 일

아, 살 것 같아

눈을 감았다가
뜬다

거대한 마시멜로의 광산을 가지고 있다면 어디에 묻어두어
야 할까

내가 실제로 가지고 있는 마시멜로는
손바닥의 어떤 부분을 지그시 누르면 생각보다
손가락이 깊이 들어가는 느낌

느낌

건너편 건물에서 불이 켜지고

어둠의 수위가 조금 줄어들면
방 안의 사물들이 두둥실 떠오른다

그것은 일종의 바위
누군가를 아주 오랫동안 기다리는 자세

실내에 오래 있으면 몸이 천천히 깎여나가는 기분이다

꾸벅 졸고 있으려니
하나둘 굴러 떨어지기 시작한다

머리처럼

익선동

저번 여름에 죽을 거라고 말했던 사람으로부터
먼저 연락이 왔다

익선동에서 보자고 했다

그는 지근거리에 살고 있으면서도
익선동은 처음이라고 했다

가까워서

늦은 저녁에 만나 안부를 묻자 그가 대답했다
천국에도 가고 싶지 않아
거기서도 살아야 하니까

매미가 얼마나 길게 우는지 측정하기 위해
머리 위로 무언가가 지나가는 동안

생겨나고 있고
없어지고 있고
끊임없이 이야기하며 걸었다 좋은 곳들에 대해

지친 그는 처마 아래 쭈그려 앉아

손으로 이마를 가리며 눈을 찡그렸다

만둣집 앞에 사람들이 서 있었다
끝이 보이지 않는 줄이어서
나는 다른 곳으로 가자고 했다

하얀 수증기 속에서 언뜻언뜻 생각나는 사람들

얼마나 기다려야 해요?
방금 도착한 사람이 종업원에게 말하는 소리가 들렸다

천국이 우유 한 잔이라면 좋을 텐데

어떤 것이 천사
어떤 것이 맞잡은 손인지 알 수 없도록

이번 주말에도
다음 주말에도

비가 온다고 했는데
오지 않았다

몸을 만져보면 축축했다

참석

우리가 몇 명이죠?

모임의 누군가가 묻는다
의자의 개수를 정하기 위해서

한 명 더 오고 있어요
내가 고개를 내밀어 대답하고

의자 하나가 비워진 채로 자리가 시작된다

유리컵이 뒤집어져 있다
빛이 조금 맺혀 있고 전등의 노랑을 반영하고 있다

아직 오지 않은 사람을 위해서

술집은 손님이 드물고
한쪽 벽면 전체가 할리우드 배우들의 오래된 캐리커처로 이
루어져 있다

모든 것이 조화롭네요
누군가 그렇게 말하자 모임은 먼지를 털 듯 일제히 웃음을 터
뜨린다

나도 그 안에 있다

어디니?

웃음이 그치지 않은 채로
수화기 너머 아직 오지 않은 사람에게 묻는다

그는 분명 오고 있다고 했는데
잠깐 사이에 친척이 돌아가셨다고 한다
말 좀 전해줘

나는 알겠다고 대답한다

아직 오지 않은 사람이 오지 않은 채로

계속되고 있는
장례식장에서 또 누군가가 그에게 전화를 걸고 있겠지
오고 있느냐고

거기 자리 있나요?
갑작스러운 질문을 받을 때

너무 깊이 생각하지 않는다

일행

누구랑 있어?

마침 근처에 와 있는 그가 내게 잠깐 보자고 한다

나는 시끄러운 횟집에서 그 전화를 받는다

한 명 더 올 거예요,
　검지를 들어 보이니 마치 알고 있었다는 듯 주인이 고개를 끄
덕인다

그가 가게 안으로 들어서자 바람이 훅 끼친다
자리에 앉으며
사람이 정말 많다고 한다

이렇듯
차가운 기운을 냄새라고 할 수도 있을까

수조 속의 광어는 몸을 바닥에 낮게
낮게
가라앉히는 동작을 지속하고 있다

온 힘을 다하여 조용히

맞아요,
나는 물을 마시며 고개를 끄덕인다

하얗고 투명한 살점 너머로 접시의 파란 문양이 언뜻 비친다
그것이 어떤 그림인지 자세히 보려고
그와 나는 회를 한 점씩 집어 든다

뜰채를 들고 주인이 테이블 앞을 지나가고
노란 장화가 뒤이어 지나가고

너무나도 깨끗한 유리에 이마를 부딪치는 순간처럼
앗, 하고
그는 내 쪽을 본다

그는 마침 잘 아는 곳이 있다고 한다

나는 입가를 닦으며
이 모든 것이 신기하다고 대답한다

단골

내가 다니는 회사는 종로에 있고

근처에 자주 가는 카페가 있다

나는 단골이 되고 싶지 않아서

어떤 날은 안경을 쓰고
어떤 날은 이마를 훤히 드러내고
어떤 날은 혼자 어떤 날은 둘이

어떤 날은 말없이 고개만 끄덕이다가 나오는데

어떻게

차갑게,
맞지요?

주인은 어느 날 내게 말을 건다

커피를 받아들고 나는 어떤 표정도 짓지 않았다고 생각했으나

저어서 드세요,

빨대의 끝이 좌우로 움직이고
덜컥 문이 잠기듯
컵 안에 든 얼음의 위치가 조금 어긋난다

주인은
내가 다니는 회사 맨 꼭대기 층에 지인이 일하고 있다고 한다

혹시 김지현이라고 아나요?

나는 그런 이름이 너무 많다고 대답한다

그렇구나,
주인은 얼음을 깨물어 먹고

설탕처럼 쏟아지는 창밖의 불빛들

참, 내일은
어떻게 하면 처음 온 사람처럼 보일까 생각하면서

방

나 왔어,
열에 아홉은 내가 방에게 말하는 상황이다.

혼자가 없어져도 물건으로 채워지는 방
방의 입장에서 보자면 언제나 충만했을 따름이지만
나는 가끔 방이 부족해서 견딜 수가 없다.

책갈피처럼 달빛이 방을 반으로 가르는 저녁
물병에 담겨있던 방을 엎지르고
엎드린 자세로 찰박찰박 방의 부피를 넓힌다.

아홉, 열, 쉿
도둑보다 빨리
꿈이 방으로부터 도망친다면 반드시 잡히게 되어 있다.

알고 있는 단어만큼만 사랑을 표현하고
얼굴이 기억나지 않는 사람은 꿈에서도 얼굴이 기억나지 않
는다.

방이 나를 찾아올 때가 있다.
찾아올 때는 혼자 오지 않는다.
여분이나 구겨진 종이가 겨우 다다른 푸른 쓰레기통

어긋나면서 몸을 포개고 있는 접시 같은 것들

또박또박 속삭이고 싶은데
어떻게 하면 방과 마주할 수 있는지

별다른 언질 없이 상자보다 작은 방이
방 앞에 놓여 있을 때도 있다.

선물도 스스로의 정체가 궁금해서
네모난 어둠을 흔들고 덜컹거린다.

나는 그것에 귀를 가까이 가져다 댄다.

낭독회

어두운 방에서 그가 책을 소리 내어 읽고 있었고 나는 눈을 감고 듣고 있었다.

촛불이 어둠을 낮게 할 수 있나요?
어둠은 견디고 있을 뿐이다.

촛불을 앞에 두고 있는 사람이 있었다.
나는 그가 눈부셨다.

그는 고개를 천천히 옆으로 움직이며 왼쪽에서 오른쪽 페이지를 읽어나갔다.

우기를 견디는 나무가 다 뽑혀 나가지 않은 것을 일종의 움직임이라고 할 수 있다면,

우리를 견디는 어둠이 다 휩쓸려 나가지 않은 것을 언어라고 할 수도 있다.

아무도 보지 않는 곳에서 실은 엉키려는 습성을 가지고 있다. 풀어지지 않는 것. 나누어지지 않는 것.

손바닥과 손바닥이 겹치고 또 겹치다가

빈틈없이 메워지는 마음이 된다면 그것이 어둠이라고 할 수도 있다.

어둠 속에서 형태가 남아 있던 손이 몰래몰래 실을 얽어놓기도 했다.

하나로는 사라지지 않는 어둠.
촛불로는 녹지 않는 마음을 다행으로 여겼다.

이토록 튼튼한 마음.

나는 내내 감고 있던 눈을 떴다.
이제야 어렴풋이 보이는 형체들. 목소리의 모양들.

나는 이 방 어딘가에 그가 있다는 것을 알았다.

모임

나는 다음에 오빠로 태어날 거야, 그렇게 말하는 나무는 오랫동안 죽어가고 있던 셈이다.

가게가 소란스럽군, TV 화면 속의 배우를 사랑하지 않으려고 하는 말이다. 모임에 도착하기 전부터 모임이 시작되고 있다. 잔은 부딪히면서 생각한다. 뒤늦게 등장한 동문의 이름을 기억하자, 기억하자. 딱딱한 튀김을 씹는 소리가 나의 내부를 울린다. 동문이 나무토막 같은 나의 손을 잡고 문득 나를 이해한다고 말한다. 동문의 손이 너무 따뜻해서 나는 놀란다. 밥맛을 잊지 않으려고 밥을 먹는 것은 아닌데. 밥맛이 잊히지 않아서 먹는 것일까. 개가 뼈를 보면 미친 듯이 핥는 이유도 그런 문제. 개는 나의 이름을 한 번도 불러준 적 없이 나를 깊이 이해한다. 나는 동문과 개를 오랫동안 나눈다. 뒤늦게 등장한 동문의 이름이 기억날 성싶으면 자리에서 일어난다. 아이가 울면 뚝, 하고 말해주듯이. 갈비뼈를 공깃밥 뚜껑에 두어 개 담아서 가게 앞에 묶인 개의 발 앞에 놓아준다. 나는 다음에는 꼭 태어날 거야. 개의 눈은 그렇게 말하고 있는 것 같다. 거나하게 취한 배우가 문밖으로 고개를 빼고 어딜 가느냐고 묻는다.

몸은 남을 수 있는 곳으로 간다.

자립

여름이 오기 전에

그는 이사할 것이다
여름은 덥고
냉장고 안의 포도는 짙어지고 있으니까

혀는
포도를 핥으면 보라색
얼음을 핥으면 사라지는가

포도에서 포도알을 하나씩 떼어
꿀꺽,

입에 넣은 포도알 하나가
돌탑처럼 쌓여 있던 그의 어둠을 무너뜨린다 와르르,

빠르게 굴러간다
참 귀엽지? 작고 동그란 것들

그는 이제 혼자가 아닌 집에는 돌아가지 않는다

너무 차게 먹어서는 안 된다고 그에게 당부하는 사람은 없다

그 또한
연초에 목포로 내려가지도 않는다

대신 주말에는 야구장

집이 아닌 곳에서
그는 발을 구르고 소리를 지른다

야구장의 조명은 강렬하지
모두가 일제히 고개를 움직이고 나서야
공은 멀리 날아간다

점은 까맣고
눈부시다

읽다 만 책과 두고 온 지붕들
그것들에 대해 생각하는 일도 없다

여름이 오면 그는 옮겨갈 것이다
걸을 때 바닥이 울리지 않는 집으로

누군가의 목구멍에 걸려 있는 기분

포도를 먹지 않고 내버려두면
무르기 시작하고
껍질이 갈라진다

밤이 지나고 커튼을 열면
전혀 다른 빛이 새어 나온다

일요일

젖은 개처럼 얌전히
타인에게 손을 맡기는 시간이 있다

타인은 나의 반대편
왼쪽과 오른쪽이 악수

타인은 나보다 나의 오른쪽을 더 잘 돌본다
타인은 나보다 더 자주 손의 안부를 묻는다

아프지는 않니?
다정하게 굴면 잠이 와, 나는 고개를 숙인다

일요일 오후
네모난 햇빛이 잠든 개와 근소한 차이로 놓여 있고

순간 포옹했다고 생각한 건
타인과 나와 개 중 누구의 꿈이었는지

탁자의 시선으로 보자면 나는 꾸벅 졸다가
엎질러질 뻔했던 순간

괜찮니?

방금 전에 나는 품 안 가득
팝콘처럼 튀어나오는 가슴을 주워 담았는데

타인의 손은 조금 뜨겁다 싶고
타인의 손에 반쯤 덮인 나의 손은 정말로 있는 걸까

일요일 오후
커튼은 창문과 부드럽게 어긋나고

잠에서 깬 개가 탁자 위로 고개를 내밀고
나와 타인을 물끄러미 바라본다

여분

저녁 먹었어요?

어떤 사람이 그렇게 물어오면
일부러 저녁을 먹지 않는다. 먹지 않았다고 말하려고.

약속 장소에 도착하기 전에

드라마를 본다.
행복해지거나 죽기 직전까지의 이야기.

뉴스를 본다.
신발을 훔치다가 사람을 찌른 적이 있다고 말하려고.

구태여
그것을 전부 이야기하지 않아도

나는 어떤 사람과 저녁에 만난다.
함께 아파트 단지 앞을 지나가는 중이고 길옆으로 검푸른 화
단이 계속되고 있다.

나는 어떤 사람보다 조금 앞서 걸으면서
화단의 나뭇잎을 잡아 뜯는다. 단지 셔츠의 색깔에 대해서 기

억하지 않으려고 하는 행동인데

그는 흩어진 나뭇잎 몇 장을 밟으면서 사뿐히 뒤따라온다.

어디 아파요?

어떤 사람이 나의 안색을 살피면

아프지 않다. 혼자 있을 때 마음껏 아프려고.

시계탑을 지날 때

꽃을 사지 않는다.

이 침묵을 계속하려고.

송이 씨는 무얼 좋아하나요, 그 사람이 물었을 때 어떻게 대답

하면 좋을지

몇 가지 생각해둔 것이 있다.

여섯 시

나는 그와 일곱 시에 선술집에서 만나기로 했는데

그는 화방에 들렀다 오느라 조금 늦는다고 한다
얼마 지나지 않아
여섯 시 반에 도착할 것 같다고 연락이 온다

나는 생각보다 빨리 카페를 나선다

카페 앞을 지나가는 행인의 시선으로 보면
나는 메뉴판 앞에 서 있다가 그대로 돌아 나오는 사람
의자에 한 번도 앉지 않고

찾던 이름이 없다는 듯이

왼손으로 커피를 들고 있으면
왼손으로는 우산을 들 수 없을 것 같은데

어찌어찌

그것을 지탱하고 있다
그것을 버티면서
나머지 손으로 그의 전화를 받고 있다

전화 속에서
그는 이제야 내가 보인다고 한다

전화 밖에서
그의 목소리는 들리지 않고 얼핏 웃고 있는 것 같다
그는 손을 흔든다

젖지 않았어요?
그와 함께 가게로 들어와 자리를 잡고
그가 들고 있던 캔버스를 들어본다

그것은 나의 몸보다도
그의 몸보다도
크고

아직 비어 있어서 그런지 생각보다 가볍다

한 번도 마시지 않은 커피를 선술집 테이블 위에 올려둔다
배경이 바뀌었을 뿐인데
커피는 빠르게 식어간다

눈 깜빡할 사이에

어제까지 안 보이던 얼굴이 오늘은 선명하게 보인다
거울 앞에서 청바지 지퍼를 반쯤 올리다 멈춘다

나는 다양한 크기의 청바지를 가지고 있다
오늘은 어제와 다른 것을 골라야 할 것 같고

입김을 분다 생각보다 천천히 사라진다
소설에 나오는 이야기와는 다르게

매일 아침 식은 식빵을 천천히 찢는다
식빵은 나누어질 뿐 사라지지 않는다

개가 개구멍에 걸리는 순간처럼
타인은 더 이상 내가 한 농담으로 웃지 않는다

집에 돌아가면 문 비밀번호가 바뀌어 있다
이름을 부르는 것만으로는 열리지 않는다

길에 대해서 알지도 못하면서
길을 사랑할 수 있을까

소설은 언제까지 쓸 거니? 누군가가 묻는다

못 쓰지만 계속 쓸 거야
못생겼지만 사는 것처럼, 나는 대답한다

덤불이 되도록 꼬이고 이해할 수 없는
길을 품 안 가득 안고

누군가 나를 잠가주었으면 좋겠는데,
찢어진 페이지가 다시 아물듯이

오래된 테이프가 거꾸로 돌아가고
코트 입은 타인과 다시 달라붙듯이

이것, 하나

이번 겨울에 스페인으로 일주일 정도 여행을 갈 거예요. 몇 마디라도 미리 배워 가는 게 좋을까요?

내가 말하자
그는 좋은 방법이 있다고 한다.

사진이나 그림을 휴대폰에 많이 저장해두는 것이 좋다고 한다. 구구절절 설명할 필요 없이 휴대폰을 꺼내어 손가락으로 가리키면 되니까
이것, 하나
라고 말하면 의사소통에 문제가 없다고 한다.

손잡이 달린 유리병이 스페인어로 뭔지 아니?
아뇨.

그는 손잡이 달린 유리병 사진을 보여준다. 그것은 내가 생각했던 것 보다 더 길쭉하다.

진짜 몰라요?
나 국문과 나왔어.
나는 그를 가리키며 웃고 그도 나를 가리키며 웃는다.

믿을 수 없는 이야기를 들으면 웃음이 나온다.

그러나

그가 뒷짐을 지고 서서 등 뒤로 유리병을 숨기고 있다면?
수많은 행인들이 오가는 길 한복판이라면?
구름보다 천천히 멀어지고 있다면?

나는 그저 손을 뻗고 있을 뿐

배꼽이라는 말이 내키지 않아서 단추를 말하고
유리병으로 이해하고

왜 알아채지 못했을까?

그와 내가 웃고 있는 여름으로부터 아주 멀리 있는
내가

이것, 하고 말하면
누군가 설탕에 절인 포도를 나에게 건넨다. 빈 유리병이 필요
했는데

나는 그것을 받아들고 어리둥절한 표정을 지으며 말하겠
지.

　맞아요,
　이것이 필요했어요.

양이라는 증거

양고기를 먹는다.

한 번도 양고기를 먹어보지 않은 사람과 함께 마주 앉아 양고기를 먹는다. 양고기를 처음 시도한다면 특유의 냄새 때문에 쉽지 않을 것이다. 특유의 냄새. 소고기나 돼지고기와 다른 냄새. 고기가 된 양이 다름에 대해 예민할 것인가. 죽어서 한 덩이가 되고 난 뒤에도 남는 냄새라는 것은 무엇일까. 불그스름한 살코기. 양이라고 하지 않아도 평화로운 식사가 될 것 같다. 티브이 속에서 몽골의 어느 부족은 손님이 오면 구운 양을 대접한다. 이방인은 묻는다. 이건 무슨 고기인가요? 부족민은 어수룩한 이방인을 놀리려고 그것이 호랑이 고기라고 말한다. 모두가 일제히 웃는다. 연기가 피어오르고 하얀 양은 검고 거대한 양이 되어간다. 양이라고 하지 않아도 평화로운 저녁이 계속되고 있다. 하얀 털과 매끈한 코. 양이라고 부를만한 것들은 다 타고 없다. 그런데 왜 마주 앉은 사람은 미간을 조금 찌푸리는 것일까. 아주 오래전에 실제로 본 양은 하얀색이 아니다.

나는 음, 하고 이곳에 없는 양을 들이마신다.

월요일

나는 슬리퍼를 신고 베란다에 서 있다.
무슨 생각을 그렇게 해?

그 아이에 대해서 생각하는 중이다.

나는 그 애에 대해 너무 자주 생각하는 것 같아. 그 애를 지운
다는 것이 그만 슬리퍼를 지우고 만다. 맨발로 서서 그 애를 생
각한다. 발가락을 오므렸다 펴면서. 그래서는 안 될 것 같다. 방
에 딸기를 몇 박스나 사두었기 때문에

이 많은 걸 어떻게 없애면 좋을까.

턱을 어루만지고 있자니 그 애는 어느새 다가와 슬리퍼 옆
에 쭈그려 앉는다. 잘 익은 딸기를 소매로 슥슥 대충 닦아 베어 문
다. 하얀 손목을 따라 핏줄과 비슷한 모양으로 과즙이 흐른다.

싱싱하네,
그 애는 표현하지 않는다.
혀로 누르면 뭉그러지는 딸기의 맛
그 애는 설명하지 않는다. 그 애는 얼굴에 로션을 잘 바르
지 않는 편이다.

그 애는 잘 미끄러지지 않고 잘 지워지지도 않는다.

그 애는 잘 웃다가도 말없이 베란다 난간을 훌쩍 뛰어넘는
다. 그 애의 작은 등. 얼음이 녹듯이 어둠 속으로 사라지고

새 떼가 젖은 수건처럼 베란다 위로 후드득 떨어진다.

불빛의 개수로 기억되는 이웃들

해변을 지우고
별장을 지우고
어두운 백사장을 정신없이 달리다가

그 아이를 생각하다가

어느 날
나는 문득 떠올린 것처럼 흔들리는 버스 안에 서 있다.

사람이 가득한 공간은 뜨겁고 어지럽다.

도모다찌라고 말하자 친구가 도망갔다

오늘 밤 자고 갈 사람?
그렇게 말하는 순간 잠처럼 달아나는 친구들

의자는 하나여서
친구가 가야 친구가 오고

친구가 오지 않으면 식탁은 길어진다
하얗고 하얀 식탁보
배에 슬멋슬멋 닿는 날카로움

상반신과 하반신으로 나뉜 마음이
두 개의 주사위처럼 빙그르르 돌아가는 시간

면 요리를 먹듯이
식탁으로부터 하양을 모조리 빼앗아볼까

나의 등 뒤로 인기척이 계속되는 동안

유리창 안에는

친구가 앉아 있기도 하고
친구의 무릎에 친구가 앉아 있기도 하고

친구의 머리를 쓸어 넘겨주기도 하고
바깥으로 달려나가거나 뒤따르는

알아, 주먹을 던지려고 했던 거지?
공이 빠져나간다

퍼즐을 맞추고 있는 친구에게서 퍼즐을 빼앗으려면
힘을 합쳐 퍼즐을 완성하면 된다

미미! 라고 부르던 것들은
미미,
하고
미미해지다가
집에 아무도 없는 오후처럼 점차 잦아들고

예의 바른 아이에게 식탁의 반대편은 친구네 집보다도 멀다

식탁에 촛불을 켜자
크고 작은 그림자들이 한꺼번에 몰려든다

아이들

내가 꾸는 악몽은 대개 이런 식이다

부엌에 서 있던 아이가
물처럼 쏟아지고
그 자리에 그림자 내가 서 있다

아이는 그렇게 사라지고
아이보다 머리 하나가 더 큰 나는
잘 울지 않는다

뭉그러진 감자가 담긴 스프 속에서
몸이 뒤집힌 채
고무오리 인형처럼 둥둥 떠다닌다
꿈은 자꾸 나를 씻어내고
나는 도무지 이 낡은 스케치북으로부터 벗어날 수 없다

넋을 기리는 마음으로
물을 끓인다
내 안에 출렁이는 아이를 다 밀어내고 나서야
비로소 발바닥이 타들어가기 시작한다

머리 하나가 더 큰 아이가

찬장을 옮긴다
이보다 더 좋을 수는 없을 거야
를 놓치고 비슷한 주전자를 찾는다

이보다 더

예감

이름 없이 불리는 그들이 있었다
장난은 장난스러워지기 전에도
장난이었고
모래성은 부스러지기 전부터
부스러지는 모래였다
나누기 전에도
케이크였고
젖기 전부터
우산이었고
구부러지기 전에도
트랙이었으며
비워지기 전에도
컵이었고
구겨지기 전에도
종이였고
가라앉기 전에도
침대였으며
나 몰래
일기가 적어놓은 일기를
모른 척해왔고
환대 이전에도 손님이 있었고
목소리는 나 없이도

가볍게 복도를 가로질러 갔다
빨래 이전에도
빨래는 돌아가고
나는 하얀 금이 그어진 곳을 향해
고개를 돌렸다

아는 사람

다른 사람은 지루하다고 말하는 영화를
나는 좋아해,
그렇게 말할 때 기분이 좋다

다른 사람보다도 더 먼 사람이 된 것 같아서
아는 사람은
등 뒤에서 갑자기 나를 놀라게 할 수 있다
모르는 사람은
갑자기 해변이 되기도 하고

나는 아아, 하고 길게
아주 길게
눈앞에 서 있는 사람과 마주 선다

점심을 먹는 장면 속의 식당 주인을 바라보면서
언젠가 그 사람은 나의 선생님이었다는 걸 알게 된다
음악이었을까
아니면 국어였을까

닮은 사람이라는 건
전혀 다른 사람이라는 뜻이야

영화 속에서

나는 유창한 스페인어로 음식을 주문하면서
비로소 돌아왔어요,
반갑게 인사를 건넨다

그걸로 되겠니?
오랜만에 만난 선생님은 잘 웃는 사람이다

아는 사람은
조금씩 모르는 사람이 되어가고
나는 좀처럼 영화에 빠져들지 않는다

모르는 사람이
자전거를 타고
머리를 짧게 깎고
낯설어지는 광경을 바라보며 팝콘을 씹을 때

누군가가 허리를 숙여 앞으로 지나간다

형규

사실 세상 사람들이
다 형규 같을지도 모르지

조금 다를지도 모르지만
형주라든지
형우라는 이름으로

많이 다를 수 있을까

중국 여행 중 나도 모르게
한국어로 된 간판을 찾는 것처럼

형규 때문에
형규와는 다른 사람을 찾는 거지

조금 더 눈이 큰 형규
조금 더 말이 빠른 형규

조금 다를 수 있을까

중국말을 유창하게 하는 형규가
우연히 들어간 가게에 서 있다면

나를 위해

순영이니?

형주보다도
형우보다도
다른 형규가 나에게 말 건다면

혜진

혜진이네 방에 혜진이가 다시 지내기 시작했다. 혜진이는 쿠키를 굽는다. 쿠키를 굽는 사람은 아니다. 다 익었는데 아직 다 되지 않았다고 하는 사람이다. 혜진이는 아마도 다 나은 얼굴로 아몬드를 넣은 아마드 어쩌구도 굽고. 예쁘네, 내 가방을 보고 말했던 할머니처럼 주름 많고 상큼한 크렌베리 어쩌구도 굽는다. 나는 너와 내 방에서 뒹굴거리는 시간이 행복해. 앗, 시트지에서 까맣고 동그란 것이 굴러떨어진다. 방이 어둠을 밀어내고 또 밀어내고. 잔뜩 부풀어 오른 쿠키의 내벽에는 손자국이 남았을 것 같은데. 그건 오븐을 열어 뒤적이는 손과는 다른 손. 두 손이 만날 일은 없다. 그러나 가끔 가슴에 진득한 덩어리가 걸려 있는 듯한. 덜 익은 밀가루 반죽 같은 것. 엉망으로 두들겨 맞은 얼굴처럼 부끄러운 반죽을 밀대로 곱게 미는 손. 그 손과는 다른 손. 두 손이 만날 일은 없다. 그러나 가끔 쿵쿵거리는 소리. 벽에 손을 가져다 대보지만 쿠키 속을 헤집는 손과는 다른 손. 반죽을 열심히 하다 말고 아무것도 남아 있지 않은 손을 쥐었다 편다. 그러다 잊은 재료를 떠올리듯이. 떨어뜨린 노트를 줍는 손. 크림처럼 터져 나온 손. 두 손이 만날 일은 없다. 쿠키는 다치지도 않고 어떻게 부푸는 걸까.

전생

점을 보았다 전생에도 내가 있었다 점 안에서 나는 유곽에 있었고 유능한 살인자였다 나는 탁자에 올려두었던 팔을 내렸다 챙, 소리를 내며 컵이 깨졌다 그게 내 꿈이었는데, 멋있잖아 그는 내가 전생을 갚으면서 살고 있다고 했다 살의는 수없이 느끼지만 죽을 때까지 실행에 옮길 수는 없을 거라고도 했다 나는 이 이야기의 결말을 알고 싶었다 반쯤 읽은 책이 책장에 가득했다 그러나 이야기를 죽일 수는 없는 노릇이었다 죽은 이야기는 말이 없는 법이고 나는 끝끝내 이야기에 대해 모를 테니까 평생 모른 채 이야기를 만나게 될 테니까 나와 같은 탁자 앞에 앉아 있는 타인처럼

실물

아이와 동화가 동일하지 않듯이
박하라고 부른 것은
사탕과는 조금 다른 박하

박하를 아십니까
나는 전단지를 나누어주었다

표정은 늘 웃거나
울거나 멍하거나
거느리지 않고는 표정일 수 없지만

혼자 놀아본 적이 없는 아이들은 모르지
도넛에 뿌려진 가루가
도넛에 뿌려지지 않아도 괜찮다는 걸

혀끝으로 이해해서는 안 될 것 같았다
박하는 나무나
아무나를 기다리는 게 아니니까

기침을 한 것뿐인데
감기 걸리셨어요?
누군가 물어올 때

버려진 전단지가 거리를 몇 번 할퀴었다
나는 호랑이가 아니라
어흥을 기다리는 중이었다

다큐멘터리

나는 달의 입체성을 믿지 않는다. 그것에게 옆모습이 있다고?

원숭이에 대해서도 마찬가지다. 유리 너머의 원숭이는 뾰족한 이빨을 드러내며 내게 바나나 껍질을 던진다.

원숭이의 자리에서 바라보면 유리에 비친 자신의 붉은 얼굴과 긴 코트를 입고 멀뚱히 서 있는 내 모습이 겹쳐 있다.

어쩌면 원숭이는 나를 자신의 영혼이라고 생각하는 것 같다. 악몽 같은 형상을 향해

먹을 수 있는 것과 먹을 수 없는 것. 원숭이에게 우리이고 내게는 화면인 것. 그것에 얼굴을 가져다 댄다.

유리는 너무 차가워서 눈을 감고 있으면 유리와 닿은 부분 말고는 모두 지워지는 기분이다.

원숭이의 공격성이 유리를 깨부술 수는 없을까.

원숭이는 내가 서 있는 곳이 바깥이라고 생각하기 때문에 고개를 돌리거나 등지고 앉지 않는다.

원숭이에게 다른 이름을 붙여주고 싶다. 달의 개수와 무관하게

달의 이름은 여럿이다. 하지만 엄밀히 말하면 그것은 달의 변화라기보다는 그림자의 변화.

부를 수 있는 것과 부를 수 없는 것. 원숭이의 눈동자 위로 떠오른 빛 같은

조명을 켜면 원숭이에게서 뾰족한 영혼이 솟아난다.

홀로그램

이를테면 그런 모임
하늘에서 무수한 바늘이 쏟아지고
코트를 입은 깡통들이
우산 밑으로 하나 둘 들어서는

약속이라도 한 듯이
우산을 사랑하지만
여긴 비의 도시인데
일 대 다수인데

젖는 것에 젖어
초인종을 누르고
문 한쪽에 기댄 눈동자
소리 없이 찾아오는 건 예의가 아니지

불은 찢고
물은 자르고
우산의 실체는 날카롭고
우산의 살이라고 부른 것은
부드러움과는 멀고

막대는 부러지고

뼈와 뼈 사이는 구부러지고
비는 부서진다는 것

이를테면 그런 악몽
비든 바늘이든
비늘이든
아무도 나를 구멍 나게 하지 않는

이제야 우산이 내게 오는데

텅 빈 깡통 내가
소리 없이
코트 속으로 걸어가는

슬립 ˘

배추는 싫어
포기는 좋아

끄덕거리면서
포기들을 세어나가면
배추가 줄어든다

아삭,
베어 물었을 때

아직,
배추가 말해

먹음직?
내가 되물어

믿음직.
잘려 나간 밑동이 말해
음식.
아니, 내가 고쳐 말해

아삭도 포기하고

아직도 포기하고
믿음직도 음식도 포기하고
나는 뭘 먹고 싶은 거지?

푸른 총이 하늘하늘
가느다란 다리로 걸어와
건네주는 총알

옆모습을 가로지르는
휙, 한 번에
어느새 잎맥 속에 갇히는 것

살아 있니?
얼추.

● 권투에서, 자신의 몸을 굽혀 안면으로 가격해 오는 상대편의 타격을 피하는 기술.

온갖 사과

사과 같은 얼굴이 그리워서
온갖 사과를 찾는다

닮은 사람의 닮은 사람
닮은 사람의 닮은 사람

사탕을 굴리고 빨고
사라지라고 사라지라고
사탕이 없어질 때까지

그러다
최초의 닮은 사람과
아주 다른 사람과
팔짱 끼고 걸어가게 될 때까지

입안에 남은
이 날카로운 것을 뭐라고 부를까 하다가
사탕의 뒷모습이라고 적었는데

보석 같은 씨앗은
더 이상 씨앗이 아니고
씨앗 또한 씨앗이 얼마 남지 않았다

닮은 사람의 다음 사람
옆에 서 있는 사람과
걸어가기로 했다

옷과 함께

옷은 나보다 조금 크다
옷은 나와 붙어 있다
옷은 나와 조금 떨어져 있다
옷과 나 사이에는 틈이 있다
아무것도 없는 공간은 없다
나는 편한 옷을 좋아한다
벗기에도 편하고 입기에도 편한
옷은 물에 빠졌을 때 펄럭거린다
옷은 나를 벗어나도 아픔이 없는 것 같다
옷을 줄줄이 묶어 병실 밖으로 도망친다
옷은 꽤 튼튼해 보이지만 알고 보면 그렇지도 않다
허리를 다쳐 다시 병실에 누워 있다
옷은 나의 어떤 부분을 기억할까
단추가 없는 부분을 기억한다 그러나
금세 잊어버린다
옷에게 나의 흔적을 남기고 싶다면—이를테면 생선가시 같은
옷의 기분이 되어야 한다
나는 옷의 일과는 무관하고 싶다
나는 아무것도 입지 않은 상태이다
손등에서 비린내가 날 때가 있다
나는 옷과는 함께하지 않을 것이다
나는 옷과 조금 떨어져 있다

보고 있는 시간보다 보고 싶어 하는 시간이 좋다
가장 중요한 것은 노출하지 않는다
옷은 그것의 존재조차 알 수 없을 것이다
옷은 내게 관심이 없다
바닥에 옷처럼 누워 옷을 하루 종일 그리워한다
물 없이 표류하는 시간
옷 없이 옷과 함께하는 시간

모르는 얼굴

기분을 빨아보자
사탕처럼 말고 돼지껍데기처럼 말고
걸레처럼
속옷처럼

산산조각이 보통인 타일의 세계에서
기분을 빨고 또 빤다
빨래의 허리는 흐를 듯 흐르지 않아서

변기 물을 내릴 때마다 생각한다
한 번 더러워진 기분을 다시 쓸 수 있을까
어떤 새벽에는
세상 모든 더러움을 끌어안을 수 있게 된다

나는 원하는 기분을 사러 머나먼 나라로 갈 거야
기분이 몸을 고를 수 있고
한 번 구겨진 종이도
처음부터 다시 시작할 수 있는

하얀 빨래는 물에 잠긴
잠깐 동안 매끈한 페이지
나는 그것을 구기고 또 구겨서

잘근잘근 씹어야지

첨벙거리는 거울을 향해
침을 뱉는다 젖은 옷을 던진다
머리 박치기를 해도 화내지 않는 거울
고요한 거울

끝이 보이지 않는 혀로 한참을 키스하다가
상대의 얼굴을 확인한다
울렁거리는 것이 제정신인 거울의 세계에서
이목구비가 출렁인다

연못의 바닥에 깔린
검은 이끼 낀 돌들, 돌들

크레바스

띄어쓰기가 잘 되어 있다

이보다
빠진 이가 힘을 쓴다
장례는 대부분 그렇다
관을 둘러싼 행렬이 밤새 징검다리를 건넌다
돌이 미끄러운 줄도 모르고
돌과 돌 사이에 늘어진 혀
바닥이 늘어나는 자루인 줄도 모르고
죽은 사람은 말이 길다

열차와 열차 사이의 간격이 넓어
조심해야 하는데

발을 뗄 때마다 낭떠러지인데
착각하고 사는 것 같다
매일
수많은 절벽 틈을 넘나들고
분실물은 아득하다는 생각이 든다

매일이 무사한데
무사함이 무사하지 않아서

오늘 안 온 사람 손들어
맨 앞의 아이가 묻는다
귀 뒤에 난 사마귀처럼 무덤을 숨겨놓고
나는 그제야 비로소
튼튼하고
말을 아끼는 사람이 된다

징검다리가 척추처럼 일어선다

생각에게

생각에게 부탁한다
제발 기척 좀 하세요

오지 않으면 어쩌지
걱정보다 병적인 것은 걱정 없이는 외롭다는 것

나는 건강하게 살고 싶다
누군가 씹다 버린 생각을 다시 주워다 씹으면서
누군가의 눈에 갇혀도 좋으니

거울처럼 고요하다
생각의 목소리를 누가 빼앗았나

그런 식으로라도
생각을 이해해보려고 하지만

개들이 강을 건너기 시작했고
목줄이 스스로 조여지길 택했듯이
생각은 중심을 옮긴다

언제나 병은 오직 하나
생각의 끝에 내가 없으면 어쩌지

오지 않은 생각을
붕대처럼 꽁꽁 싸맨 채
생각을 기다리는 시간

누군가가 신호를 하기 전에
생각을 데리고 도망쳐야 하는데

벌써
누군가의 가죽을 뒤집어쓴
생각이 짖기 시작했다

기일

가끔 나는 내가 걷고 있는 장면을 목격한다 불 꺼진 쇼윈도 속에서 나는 조금 놀란 표정

점집에서 십만 원 주고 결혼 날짜를 받아온 사람이나 금요일 새벽 천국에 대해 무서운 표정으로 이야기하는 목사를 바라보고 있으면 세상에 자연사는 없다는 생각이 든다

생일처럼 유일하고 소형 비행기처럼 삐뚤빼뚤한

내가 수없이 비상구를 벗어나려고 하는 것과 그 모든 것을 몰랐다는 듯 우연으로 꾸미려는 계획 또한

죽는 것도 실수할까 봐 걱정된다

오직 자연스러운 것은 부자연스러운 것이 부자연스럽지만은 않고 나는 결코 인간다운 걸음걸이로 걷지 않으며 하얗고 길게 펼쳐진 계단의 끝이 팡파레와 천사들의 노래는 아니라는 것이다

시험지 귀퉁이를 하나씩 찢었다 새가 없는 몸으로부터 떨어져 나온 깃털이 육교 위로 흩날렸다

졸업식이 되어서 졸업했다

꽃밭에 없는 꽃들과 함께

연날리기

뼈를 살이라고 부른다
나는 정확하게 불렀고
연은 몸에 힘을 뺀다

연을 날려 보낸다
나는 그곳에 나를 조금쯤 매달아둔다

나의 나머지는 어디 있는가
나는 나와 팽팽해진다

나의 나머지가 이토록 넓었나
한 번도 만난 적 없는 이복동생처럼

선 하나로
나는 나를 잡아당기고 있다

선 하나로
나는 나와 멀어지고 있다

끝은 끈이라고 부른다

연줄이 끊어지는 순간

연이 붙잡고 있던 나의 나머지가
믿을 수 없이 가벼워지는 순간

잠시 가라앉아 있던 이름이
전부 떠오를 것도 같았다

돌멩이의 탄생

나는 아무래도 알이 아니었던 모양이다 아무리 품어주어도 태어나지 않았으니 아이들이 공처럼 가볍게 뛰어다니는 호숫가를 내려다보면서 나는 주먹을 쥐었다 폈다 이사 오기 전에 놓고 온 물건을 떠올리듯

어렸을 때 사과나무에서 떨어진 적이 있었다 그전에는 창가에 있던 구두를 떨어뜨렸는데 그때처럼 호되게 혼나지는 않았다 아이는 입 안 가득 모래를 머금은 채 달리다 턱이 깨졌고 누군가가 퍼즐의 마지막 조각을 맞추기 위해 커튼을 열었기 때문이다 굴러가는 데에 다소의 불편함이 있을 뿐

실은 그 순간 나는 처음으로 터널을 느꼈던 것 같다 장래희망은 공룡으로 바뀌었다 가장 중요한 감각을 스스로 지킬 수 없다니, 최초의 생일을 찾아 꿈틀거리는 수많은 다리들 그중 내가 부러뜨린 다리는 다리가 아니었을 것이다 구불구불한 원통 모양의 아픔이었을 것이다

깨져도 깨져도 태어나지 않은 이유는 어쩌면 아무것도 토하지 않았기 때문일지도 몰라 세계와의 왕래를 위해서는 몸에 구멍 하나쯤 파야 하는 법이니까 이왕이면 불을 뿜는 공룡이 좋겠다 주스를 토하는 공룡, 색연필을 토하는 공룡, 부서진 창문을 토하는 공룡……

일부러 그런 적은 없었다 나는 그저 맨몸인 것이 무서웠다 한 발짝도 움직이지 못했다는 게 믿어지지 않을 정도로 가볍게 날아가는 순간 그런 식으로 날카로워지려던 건 아니었다 그러나 단 하나, 사과도 아니면서 나뭇가지에 걸려 있었다는 우연만큼은

누구든 구름이 자리를 바꾸듯 사라진다면 이별의 아픔은 멸종하지 않을까? 화장실 수도꼭지가 녹슨 지 한참 되었다 터널에서 그림자가 새고 있었다 스스로 그것을 지킬 수 없는 걸까 부러뜨려도 두 개로 나뉠 뿐이라는 걸 알기에

아주 오래전부터 몸에는 상처 하나 나지 않았음을 까마득히 모른 채로 나는 그 이후로도 한참 동안 어떻게 하면 탁월하게 탄생의 울음을 들려줄지를 고민했다 멍든 사과 속을 헤메고 지렁이처럼 토하고 먹고를 반복하고 텅 빈 손을 잊고 앞과 뒤를 잊었다 단지 별이 녹아내리면 어떤 맛인지 알고 싶어서

미미

보통의 맞벌이 부부가 그러하듯이 나의 부모도 출근하기 전에 내게 인형을 쥐여주었다. 나는 그것이 가짜라는 것을 알았으므로 종일 실밥이 풀린 것처럼 외로웠다.

또래 아이들이 멍청해서는 아니었다. 그것이 진짜 살아 있다고 착각하지는 않았을 터다. 자, 먹어봐. 입으로만 소리 내었지 진짜 오렌지 주스로 목을 축이거나 하지는 않았으니까.

그러나 나는 가짜와는 친구하기 싫었다. 그것은 내가 그것을 거꾸로 뒤집어놓아도 도통 움직일 생각을 하지 않았다. 그저 나로 하여금 그것의 생각을 오해하고 착각하게 만들 뿐이었다.

나는 그것을 안고 곧잘 잠들었다. 그것의 귀에 나의 귀를 가져다 대어도 아무것도 들리지 않았기 때문이다. 내가 그것을 꿈속에 두고 온 채 깜빡한다면 나는 영영 찾지 못했을 것이다.

무언가로 물든다는 것은 무거워진다는 뜻일까. 유리컵에 담긴 저녁 해가 천천히 기울어지고 있었다. 바닥에 누워 천장을 바라보면 방은 천천히 가라앉았다.

볼 한쪽에 사탕을 문 채 바깥을 바라보는 것이 취미였다. 창밖을 바라보면 건너편에 검정색이거나 붉은색이거나 얼룩덜룩

한 지붕이 있었다.

그곳에 사람이 살고 있다고
도무지 생각이 들지 않았다.

잠깐이 느낀 고독

안경처럼 깨진 그가 난데없이 등장했다. 난로 앞에 모인 사람들에게 잠깐, 하고 외친 순간. 길게 포물선을 그리며 잠깐이 던져진 순간

잠깐이 느낀 고독.

술이 스스로 넘어져 영토를 넓히고. 술이 없다는 것을 술만 아는 곳에서. 코가 붉은 사람들이 모여 불을 쬐고 있었다. 한 번은 하인. 한 번은 관리인. 그들에게 비쳐진 술 때문에 불에 덴 듯 놀랐다면 그건 불의 온도 조절 실패. 접시가 굴러가다가 요란하게 양반다리로 멈추더라도 그건 엄연히 동물의 움직임과는 다른 것. 착각이 잔 너머에서 웃음 지었다. 그 순간

잠깐이 느낀 고독.

그가 손가락으로 하인과 관리인 사이를 가리키며 말했다. 당신은 왜 하필 그 대목에서 자리를 바꿔 앉았지? 말하기가 무섭게 두 번째 쨍그랑이 있었다. 잠깐이면 되는데, 잠깐이면 되는데. 이름을 불리면 원 밖을 벗어나는 게임. 불과 난로만 타지 않는 방갈로. 잠깐 이름을 참고 있던 잠깐에게 그가 말했다. 잠깐이 기다렸다는 듯 잠깐을 벗고 누명을 썼다.

놀이터

모래 위에 동그라미를 그려 안으로 들어갔다

나의 테두리는 문으로 둘러싸여 있었다
하얀 스크린에서 누군가가 번진 립스틱처럼 뛰쳐나왔다
음악과 미술이 뛰쳐나왔다

하나의 이야기 속에는 하나의 이야기
하나의 방
방이 놀라 방을 벗어던졌다 뒤집힌 양말이 떨어져 있었다

놀이가 끝날 때까지 선을 넘지 마
들어오라고 했고 붙잡았고 나가라고 돌아가지 말까
꿰맨 자국이 남았다

그림자가 시곗바늘의 각도로 나를 관통했다 비죽 솟았다

잎이 젖고 있어서 테두리 안은 고요하고 아늑했다
내가 없는 나의 성에서 목소리가 울었다
발자국이 허락 없이 걸어 나갔다

환생

그가 의자에서 일어나고
내가 그 자리에 앉는다

방금 전의 그는 반듯한 이마를 가지고 있고
나도 반듯한 이마를 가지고 있다

그와 나는 이 식당의 손님이다
나와 그는 아슬아슬하게 스쳐간다

어깨를 부딪치고
눈을 마주치지 않고
사과를 나누기도 한다

오늘은 무엇으로 할까
나는 식사를 주문한다
어떤 확률
그가 먹던 음식을 먹는다

접시의 고기를 잘게 썬다
고기는 금세 여러 개가 된다
흥건한 핏물 위로 턱받이 한 얼굴이 비친다

고기를 써느라고
테이블 위의 물 한 잔이 흔들린다
물 한 잔에게도 영혼이 있다면
영혼이 빠져나가기 직전의 순간이다

문이 열리고
그가 다시 식당 안으로 들어온다
돌아온 그는 난처한 표정이다

연신
팔로 허공에 네모를 그리면서

반듯한 이마 아래 두 눈
나는 잊고 있던 것을 떠올린다

식탁 위에 놓여 있던
빈 접시를 집어 가는 사람이 있다

주문

선서하듯이
한쪽 손을 든다
그렇게 하면 물 한 잔이 온다

두 잔이 필요하더라도
손은 한 번만 든다
세 잔
네 잔이 필요하더라도

부록

자술 연보

1978년

숙희의 아버지는 빨간 구두를 사주었다. 숙희는 학교에서 빨간 구두를 처음으로 신은 아이가 되었다.

1980년

숙희는 중학교에 입학했다. 또래보다 네 살이나 늦은 나이였다.

1981년

숙희의 아버지는 마흔한 살에 병으로 죽었다. 생전에 미남이었다.

1983년

숙희는 해태제과 캔디부에서 일했다. 숙희는 여태 군것질을 좋아한다.

1991년

스물여덟의 숙희는 선을 보아야 했다. 맞선 상대로 나온 사람은 웃는 얼굴이 퍽 순박해 보였다. 그는 직업군인을 하다가 이제 막 식당을 차렸는데 손이 모자라다고 했다. 숙희는 그해 크리스마스에 결혼식을 올렸다.

1993년

크리스마스 한 달 전, 내가 태어났다. 숙희는 나의 어머니
가 되었다.

1994년

울지 않아서 착한 아기라고 소문이 났다. 부부는 식당 일로 바
빴으므로 고맙게도 동네 사람들이 돌아가며 애를 봐주었다. 나
는 잘 있었다. 쌀집에서, 미용실에서, 슈퍼에서.

1995년

동생이 태어났다.

199?년

동생이 또 생겼으나 아무도 태어나지 않았다.

1997년

하안동에 살았다. 개어놓은 하얀 솜이불 위로 한낮의 햇살
이 쏟아지고 있었다. 어머니가 빨랫감을 정리하는 동안 나는 옆
에서 배를 깔고 엎드려 TV 만화영화를 보았다. 화면 속에서 교
복 입은 아이가 달의 요정으로 변신하는 장면이 나오고 있었
다. 눈이 부시다는 생각도 하지 못한 채 입을 벌리고 그것을 보았
다. 다음 장면에서 어두운 밤 그림자가 지붕 위를 달리고 있었다.

이때 부모님은 식당을 고모네에 넘겨주고 아무런 일도 하지 않고 쉬었다. 어머니에게 있어서는 가장 여유로웠던 시기가 될 뻔도 하였으나 가끔 어쩔 수 없이 다른 도시로 외출을 해야 하는 일도 생겼다. 빌려준 돈을 받으러 나와 어린 동생을 업고 인천으로, 부천으로.

1999년
목동으로 이사 가서 늘푸른유치원에 다녔다. 같은 반에 선천적으로 손목 인대가 끊겨져 있는 아이가 있었다. 그 아이는 색칠 공부 시간에 가끔 울었다. 나 때문인 것 같았다.

2000년
늘푸른유치원이 문을 닫고 초등학교에 입학했다. 외할머니 손을 잡고 입학식에 갔다.

2002년
월드컵이 끝나고 나서부터 거리는 조용해졌다. 기나긴 사춘기가 시작되었다. 지인들의 증언에 의하면 나는 놀이공원도 갔고 산에도 갔고 친구들을 집에 초대한 적도 있다고 한다.

2005년
수영을 배웠다. 일주일에 세 번 목동청소년수련관에 갔다. 수

영장의 옅은 락스 냄새와 고요가 좋았다. 가장 처음 배운 것은 숨쉬기였다. 물을 드나드는 동작과 호흡이 조금이라도 어긋나면 물을 먹기 일쑤였다. 그래도 나는 잠수하는 것이 재미있었다. 음, 파, 음, 파. 소리만 크게 내고 제대로 숨을 내뱉지 않은 걸 보더니 선생님은 숨을 무작정 참지 말고 물속에서도, 물 밖에서도 내뱉으라고 했다. 물속에서는 음-하고 길게. 물 밖에서는 파, 하고 짧게. 숨 쉬는 방법만 배운 상태에서 할 수 있는 것은 잠영이었다. 숨을 참은 채 바닥을 손바닥으로 치고 물 밖으로 빠져나왔다. 조금 더 익숙해진 뒤에는 더 긴 거리를 갔다. 물 밖에서 보기에는 나는 잠시 사라졌다가 전혀 예상치 못한 지점에서 다시 나타났다. 물방울을 뚝뚝 떨어뜨리면서.

그다음은 발차기였다. 처음에는 레인 끝을 손으로 잡고 양발을 번갈아가며 움직였다. 있는 힘껏 열심히 찼다. 제자리에서 발차기 연습을 반복하다가 나중에는 킥판을 잡고 레인 끝에서 끝까지 오갔다. 물속에서 앞구르기를 하거나 다이빙하는 법도 배웠다.

2006년

일요일 아침, 용재가 나를 흔들어 깨웠다. 용재는 오랫동안 나의 아버지였다. 그는 잠들어 있는 내가 창백해 보인다고 했다. 이 모든 일이 다 운동이 부족해서 그런 거라며 같이 등산을 하러 가자고 했다. 나는 꿈을 거의 꾸지 않는데 야산을 도망치

듯 오르는 꿈은 자주 꾼다. 꿈속의 산이 어디인지 나는 알고 있었다. 집에서 가장 가까운 산은 용왕산.

지금도 내가 어딘가 아파 보이면 아버지는 말한다. 운동 부족이야, 운동 부족.

2007년

'귀신'이라는 별명으로 불렸다. 머리카락이 유독 새까맣고 언제나 무표정이어서.

2008년

수학학원 수업을 빼먹고 등촌역 근처 비원빌딩 옥상에 올라갔다. 유서를 쓰려고 가져간 노트에 소설을 썼다. 제목은 '개미'였다.

2009년

시를 쓰기 시작했다. 소설보다는 시집이 작고 가벼워서 가지고 다니기 편리했다. 백일장에 많이 나갔고 거의 다 떨어졌다.

2010년

우울증과 무기력증이 극심해서 여름방학 내내 침대에 누워 있었다. 나는 나의 불행이 너무 평범해서 견딜 수가 없었다. 개학하고 학교에 가도 종일 엎드려 있었다. 선생님은 꿈에서 시를 써오라고 했다. 잠에서 깨면 뭔가를 끄적였다. 수업 시간에 무언가를 잘못해서 벌을 받은 적이 있는데 시집 필사를 하는 것이었다. 나는 김행숙 『타인의 의미』를 필사했다.

2011년

수시에 지원했던 학교에 모두 불합격하고 정시 준비를 시작했다. 아버지 몰래 삼촌에게 돈을 빌려 문예창작 입시학원에 등록했다. 두 달 중에 한 달은 학원에 가지 않고 또 침대에 누워 있었다. 나머지 한 달은 열심히 했다. 여러 주제로 시를 쓰는 연습을 했다. '가습기'로도 쓰고 '디지털카메라'로도 썼다.

2012년

예술대학교 문예창작과에 입학했다.

2014년

휴학을 했다. 시는 한 줄도 쓰지 않았고 우울증과 무기력증이 다소 호전되었다. 햇살은 따뜻한 것이라는 생각을 할 줄 알게 되었다. 별다른 계기는 없었다.

2015년

문지문화원 수업에서 만난 사람들과 스터디를 했다. 일주일에 한 번씩 시집을 읽고 좋았던 작품을 골라와 돌아가며 낭독하고 감상을 나누었다. 가끔은 시집을 읽지 않아도 만났다.

2016년

알파고가 이세돌과 바둑을 두었다. 다섯 번의 대국 중에서 알파고는 네 번 이겼는데 다들 이세돌이 이겼다고 했다. 대단하네, 하고 감탄했다. 영혼이 없어 보인다는 소리를 자주 들었다. 고교 동기 서정이는 내게 '양철나무꾼'이라고 했다. 나는 그 별명이 마음에 들었다.

2018년

한의원에 갔다. 벽에는 사슴 박제가 걸려 있었다. 그것을 가리키며 내가 물었다.

진짜인가요?

그는 아니라고 하며 진찰을 시작했다.

똑같이 책상에 앉아 있어도 사람마다 아픈 곳이 달라요. 하기 싫으면 허리가 아프고 부담스러우면 목과 어깨가 아파요.

그가 가까워졌다. 그가 앉은 갈색 가죽 의자가 삐걱거리고 나는 놀란 듯 허리를 세웠다. 그가 손가락으로 누른 곳은 나의 갈비뼈가 끝나는 지점. 날개도 척추도 아닌 지점. 그곳이 어디인지 부위를 칭하는 말이 딱히 없는 지점. 그는 아프냐고 물었다. 나는 아프다고 했다.

민트색 침대에 누워 침을 맞았다. 벽에 걸려 있는 사슴 박제는 뛰쳐나오지 않았다. 뛰쳐나온다면 온전한 사슴의 몸이겠지. 사슴이 나오고 벽에는 구멍이 남아 있었다. 구멍을 들여다보면 숲이 있었다. 사슴은 숲의 반대 방향으로 뛰어가던 와중에 벽에 붙들린 것이다. 그와 내가 마주 보고 앉아 있으면 벽을 관통하고 나를 관통하고 그를 관통하고. 그 모든 것을 지나 다른 액자로 뛰어 들어가고. 사슴은 아주 기나긴 사슴이다.

그가 내 머리에 놔주었던 침을 빼며 이제 끝났다고 했다. 천천히 나와도 된다고도 했다. 나는 이 숲에서 영영 나가고 싶지 않았지만 눈을 뜨고 몸을 일으켰다. 미지근한 피가 도는 기분이었다. 문이 열리는 소리와 문이 닫히는 소리가 이어 들렸다.

2018년
점을 보러 갔더니 무당이 집안에 일찍 돌아가신 어른 없냐고 물었다. 나에게서 젊은 남자가 보인다고. 나는 외할아버지 말고는 다 살아 계시다고 대답했다. 집에 돌아가서 어머니에게 점 본 이야기를 했더니 앞으로 더는 보러 가지 말라고 했다.

2018년
두통이 심해졌다. 오랜만에 만나는 사람에게서 어딘지 조금 달라진 것 같다는 말을 들었다.

아침달 시집 10

우리 다른 이야기 하자

1판 1쇄 펴냄 2019년 1월 31일
1판 9쇄 펴냄 2024년 5월 1일

지은이 조해주
큐레이터 김소연, 김언, 유계영
편집 송승언, 서윤후, 정채영, 이기리
디자인 한유미, 정유경

펴낸곳 아침달
펴낸이 손문경
출판등록 제2013-000289호
주소 04029 서울시 마포구 양화로7길 83, 5층
전화 02-3446-5238
팩스 02-3446-5208
전자우편 achimdalbooks@gmail.com

© 조해주, 2019
ISBN 979-11-89467-10-4 03810

값 12,000원

이 도서의 국립중앙도서관 출판예정도서목록(CIP)은
서지정보유통지원시스템 홈페이지(http://seoji.nl.go.kr)와
국가자료종합목록시스템(http://www.nl.go.kr/kolisnet)에서 이용하실 수 있습니다.
(CIP제어번호 : CIP2019002599)

아침달